AF459622

TABLEAUX

MODERNES

Objets d'Art

D'AMEUBLEMENT

CATALOGUE

DES

Tableaux Modernes

PAR

COROT, DELACROIX, DIAZ, DUPRÉ, ISABEY, MONET

ÈVE DE RODIN

OBJETS D'ART

ET

D'AMEUBLEMENT

Sculptures

BUSTES DE FILLETTES EN TERRE CUITE DE L'ÉPOQUE LOUIS XV

BRONZES, PENDULES

SIÈGES ET MEUBLES — TAPISSERIES

Dont la Vente

PAR SUITE DU DÉCÈS DE MADAME VEUVE E. L.

Aura lieu

HOTEL DROUOT, SALLE N° 11

Le Mercredi 7 Juin 1899

À DEUX HEURES ET DEMIE

COMMISSAIRE-PRISEUR

Me PAUL CHEVALLIER

10, rue de la Grange-Batelière, 10

EXPERTS

Pour les Tableaux :	*Pour les Objets d'Art :*
M. GEORGES PETIT	MM. MANNHEIM
12, rue Godot-de-Mauroi, 12	7, rue Saint-Georges, 7

EXPOSITION PUBLIQUE

Le Mardi 6 Juin 1899, de 1 heure 1/2 à 5 heures 1/2

CONDITIONS DE LA VENTE

Elle sera faite au comptant.

Les acquéreurs paieront *cinq pour cent* en sus des prix d'adjudication.

L'exposition mettant le public à même de se rendre compte de l'état et de la nature des objets, il ne sera admis aucune réclamation une fois l'adjudication prononcée.

Paris -- Imprimerie Georges Petit, 12, rue Godot-de-Mauroi. -- 7880-09.

DÉSIGNATION DES OBJETS

TABLEAUX

Aquarelles et Dessins

COROT

CAMILLE

1 — *Plage de Trouville.*

La mer est basse : quelques barques de pêcheurs sont échouées sur le sable. Un ruisseau d'eau a creusé son lit sur la plage. Plus loin, quelques habitations sont adossées à des collines recouvertes de cultures verdoyantes.

Signé à droite, en bas.

Toile. Haut., 25 cent.; larg., 42 cent.

COROT

(CAMILLE)

2 — *Le Saule.*

Cachet de la vente, en bas, à droite.

Vente Corot, n° 330.

Toile. Haut., 33 cent.; larg., 46 cent.

COROT

(CAMILLE)

3 — *La Route.*

Le cachet de la vente, en bas, à gauche.

Toile. Haut., 28 cent.; larg., 32 cent.

COROT

(CAMILLE)

4 — *Enfant assis.*

Dessin à la mine de plomb.

Signé à droite, en bas, et daté : *1835.*

Haut., 15 cent. ; larg., 17 cent.

Delacroix 8

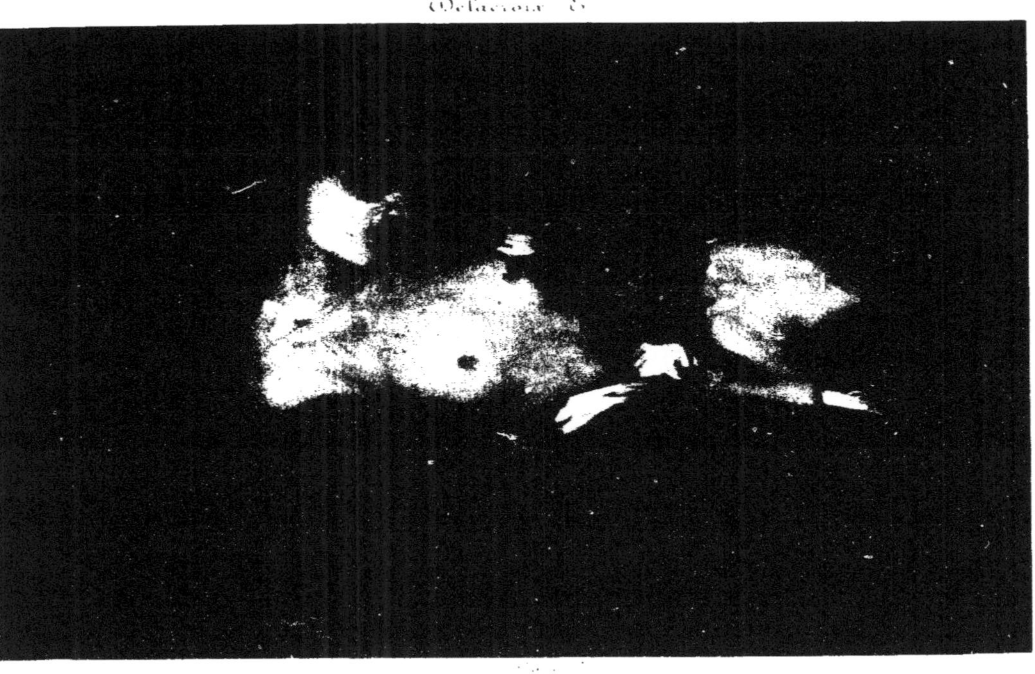

Composition pour le Massacre de Scio

DELACROIX

(EUGÈNE)

5 — *Composition pour le tableau “ Le Massacre de Scio ”.*

Signé à gauche, en bas.

Toile. Haut., 95 cent. ; larg., 1 m. 32 cent.

DELACROIX

(EUGÈNE)

6 — *Le Christ au jardin des Oliviers.*

Vêtu d'une robe rouge, une draperie bleue recouvrant ses jambes. Il est allongé sur le sol, appuyé sur le bras droit, la tête légèrement inclinée, et porte sur sa physionomie l'abattement et le découragement.

Signé à droite, en bas.

Toile. Haut., 28 cent.; larg., 36 cent.

Delacroix 8

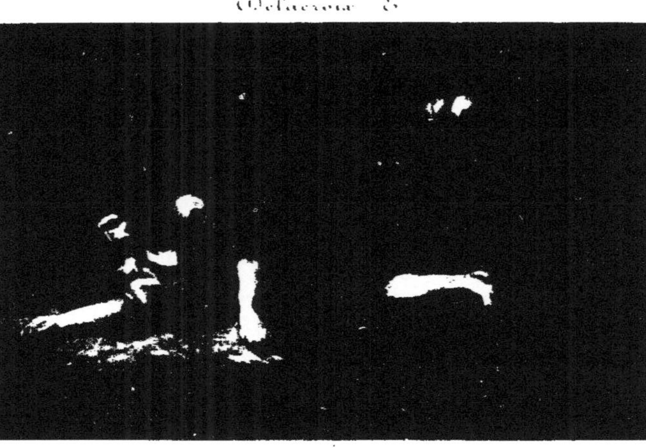

DELACROIX

(EUGÈNE)

7 — *Cavalier Louis XIII.*

Signé à gauche, en bas.

Aquarelle.

Haut., 23 cent.; larg., 18 cent.

DELACROIX

(EUGÈNE)

8 — *Étude pour le tableau "Marino Faliero".*

Signé et daté : *1826.*

Aquarelle.

Haut., 22 cent.; larg., 17 cent.

DELACROIX

(EUGÈNE)

9 — *Première pensée pour le tableau " La Mort de Lara ".*

Cachet de la vente, en bas, à droite.

Dessin rehaussé de lavis.

Haut., 23 cent., larg., 29 cent.

DELACROIX

(EUGÈNE)

10 — *Méphisto.*

Dessin à la plume.

Haut., 18 cent.; larg., 16 cent.

DIAZ

(NARCISSE)

11 — *Baigneuse.*

Elle est assise au bord du ruisseau, ses pieds effleurant à peine le cours de l'eau.

Derrière elle, de grands arbres l'abritent.

Signé à gauche, en bas.

Panneau.

Haut., 22 cent.; larg., 13 cent.

Jules Dupré

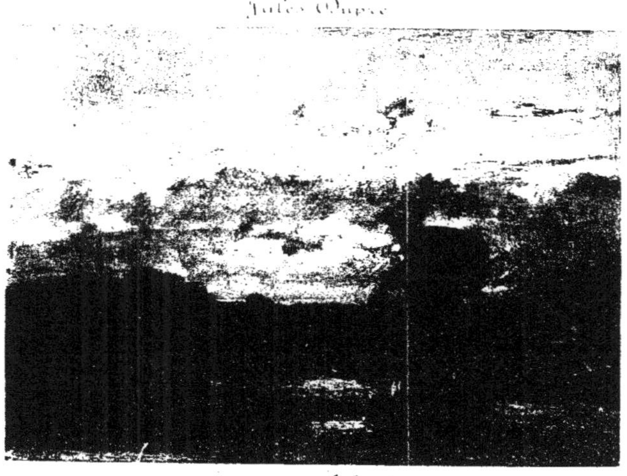

DUPRÉ

JULES

12 — *Le Moulin.*

Sous un ciel nuageux, qui reflète encore les derniers rayons du soleil, le moulin dresse sa silhouette au milieu d'une prairie.

Au premier plan, une mare où deux vaches se désaltèrent. Au fond, des bois et des collines.

Signé à gauche, en bas.

Peint sur carton.

Haut., 18 cent. 1/2; larg., 22 cent.

GÉRICAULT

(Attribué à)

13 — *Lion dévorant un cheval.*

Toile. Haut., 54 cent.; larg., 65 cent.

GÉRICAULT

(Attribué à)

14 — *Cheval dans une écurie.*

Toile. Haut., 32 cent.; larg., 41 cent.

ISABEY

15 — *Un Port à mer basse.*

Une barque de pêche est échouée dans le bassin auprès du quai.

Trois pêcheurs sont occupés à calfater leur barque. Au fond, quelques maisons se dressent sous un ciel bleu et doré.

Toile. Haut., 54 cent.; larg., 45 cent.

Monet Claude

Bords de rivière automne

MONET

(CLAUDE)

16 — *Bords de Rivière (Automne)*.

La rivière coule tranquille. A droite, de grands arbres aux frondaisons dorées dessinent leur silhouette sous un ciel ennuagé. A gauche, la berge bordée d'herbes et de roseaux. Au fond, on aperçoit au milieu des arbres une maison.

Signé à droite, en bas.

Toile. Haut., 55 cent.; larg., 74 cent.

MONET

(CLAUDE)

17 — *Retour de la Pêche.*

Les barques viennent de rentrer au port; à droite, sur le quai, des pêcheurs se promènent. Au fond, l'entrée du port et encore quelques barques.

Toile. Haut., 55 cent.; larg., 45 cent.

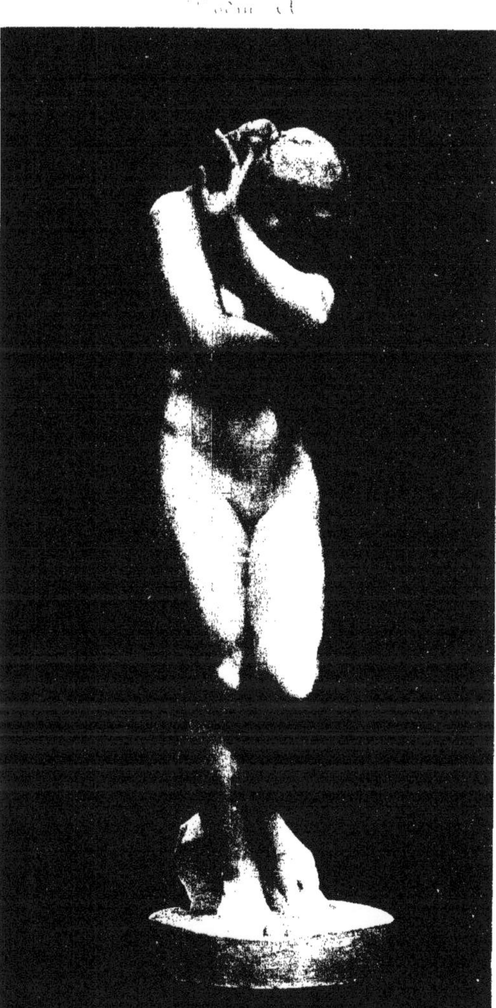

RODIN

(AUGUSTE)

18. — *Ève.*

Marbre.

Haut., 77 cent.

SCULPTURES

19 — Deux bustes, grandeur nature, en terre cuite, de fillettes, se faisant pendant ; la gorge est nue ; les cheveux sont bouclés chez l'une, nattés et ornés de perles et de roses chez l'autre. Piédouches en marbre. École française, époque Louis XV.

Haut., 45 cent.

20 — Groupe en terre cuite : la mère de famille, composition de trois personnages, jeune femme et enfants, en costumes Louis XV.

21 — Bas-relief en marbre blanc : l'Annonciation, XVIIe siècle. Encadrement en bois doré.

22 — Buste, grandeur nature, en bois sculpté, peint et doré, de femme richement vêtue. Travail vénitien, XVIe siècle.

23-24 — Deux statuettes en bois sculpté, peint et doré : Saint Marc et un pape. Travail vénitien, XVIIe siècle.

25 — Torchère en bois sculpté, peint et doré, formée d'une statuette d'ange tenant un lampadère. Travail italien, XVIIe siècle.

26 — Deux torchères en bois sculpté et doré, à cariatides et feuillages, XVIIe siècle.

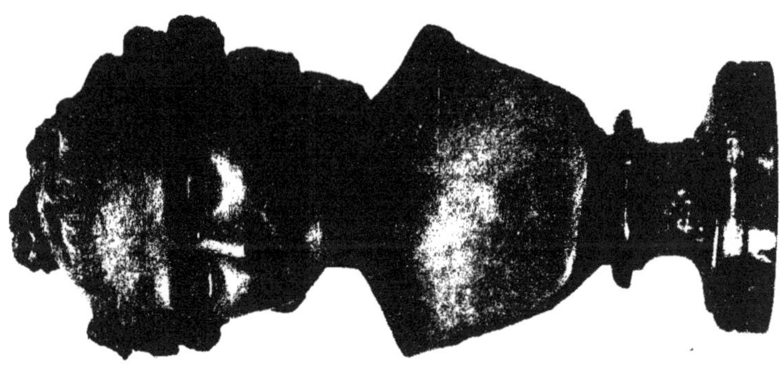

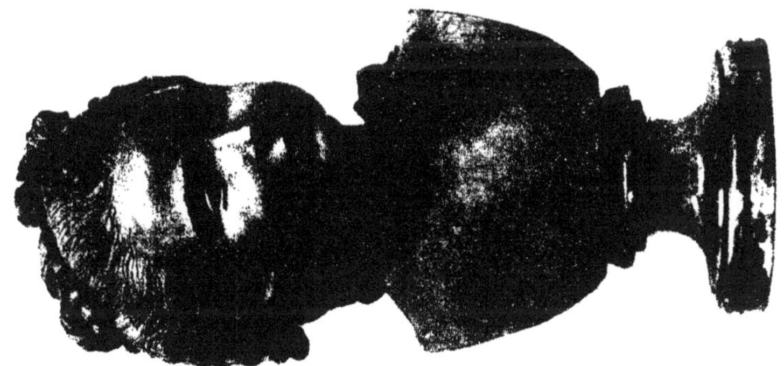

27 — Quatre statuettes en noyer sculpté : les Saisons. Travail français, fin du XVIe siècle.

Haut., 90 cent.

28 — Statuette en bois sculpté : David vainqueur de Goliath. XVIIe siècle.

CÉRAMIQUE

29 — Paire de vases avec couvercles en ancienne porcelaine de la Compagnie des Indes, à décor de personnages dans des réserves de forme contournée. Monture en bronze.

30 — Plat décoré de fleurs en noir, bleu, rouge et or, en ancienne porcelaine du Japon.

31 — Plat à barbe, décoré de fleurs, en ancienne porcelaine du Japon.

BRONZES — PENDULES

32 — Groupe en bronze, à patine brune : Hercule et Lychas, de *Bandinelli*. Fonte du XVIIe siècle. Socle en marbre noir.

Haut., 41 cent.

33 — Lion et lionne passant, de *Barye*. Bronze à patine verte.

34 — Miroir en métal de cloche, sur socle en bois dur sculpté et ajouré à feuillages. Travail chinois.

35 — Pendule sur socle-applique en marqueterie de cuivre sur écaille ornée de bronzes dorés : statuette du Temps, bas-relief à sujet allégorique, cariatides, mascarons et volutes. Époque Louis XIV.

36 — Pendule sur socle-applique en marqueterie de cuivre et d'écaille garnie de bronzes, figurine, bas-relief et mascarons. Époque Régence.

SIÈGES

37 — Meuble de salon : canapé, deux fauteuils et deux chaises, en bois sculpté à coquilles du temps de Louis XIV. Ils sont couverts de velours rouge.

38 — Fauteuil en bois sculpté couvert de tapisserie au point à dessin de musiciens. Époque Louis XIV.

39 — Fauteuil en bois sculpté couvert de tapisserie au point à personnages. Époque Louis XIV.

40 — Quatre fauteuils Louis XV à dossiers médaillons en bois sculpté, capitonnés et couverts en soie brochée.

41 — Deux tabourets en bois peint et doré, couverts de soie brochée. XVIIIe siècle.

42 — Six fauteuils en bois sculpté à grosses feuilles, du XVIIIe siècle. Ils sont couverts en velours vert.

43 — Deux sièges d'antichambre en bois incrusté d'os. Travail italien.

MEUBLES — TAPISSERIES

44 — Coffre Louis XIII en bois sculpté, décoré de personnages, scène du Nouveau Testament, de statuettes et d'entrelacs.

45 — Cabinet du XVIIe siècle plaqué d'ébène à deux vantaux et nombreux tiroirs, décoré intérieurement de peintures de l'école flamande à sujets de kermesses avec mendiant sur la porte du milieu, qui masque des tiroirs ornés de broderies.

46 — Meuble à deux portes et un tiroir en bois sculpté et marqueterie à décor de figures allégoriques avec statuette d'Apollon. Commencement du XVIIe siècle. Sur support-console de style.

47 — Commode à deux tiroirs en marqueterie de bois de couleur à vase et fleurs, garnie de bronzes. Dessus de marbre. Époque Louis XV.

48 — Grande armoire normande Louis XV en chêne sculpté, décorée de fleurs et attributs avec fronton à feuillages.

49 — Petite table de dame en marqueterie de bois de couleur à fleurs, rosaces et carrelages : elle contient trois tiroirs, dont un formant bureau, et repose sur quatre pieds reliés par une tablette. Fin de l'époque Louis XV.

50 — Console Louis XVI en bois sculpté et doré, à ceinture ajourée, décorée d'une grecque et à guirlandes de laurier ; traverse d'entrejambes ornée d'un vase. Dessus de marbre.

51 — Petite console Louis XVI en bois sculpté et doré à un pied, décor de feuillages et draperies.

52 — Glace biseautée dans un cadre en bois noir sculpté à décor de personnages mythologiques. Travail du XVIIe siècle, du maître flamand Devriès.

53 — Glace dans un cadre en bois sculpté et doré à fronton orné d'une grappe de raisin. Travail hollandais du XVIIIe siècle.

54 — Console en bois sculpté et doré à quadrillés et mascarons sur pieds de biche reliés par un croisillon. Dessus de marbre.

55 — Table-bureau en marqueterie de cuivre sur écaille, à décor de rinceaux, garnie de bronzes : mascarons, encadrements, entrées de serrures.

56 — Tapisserie flamande du XVIIIe siècle, verdure avec animaux ; bordures de fleurs.

Haut., 3 m. ; larg., 2 m. 80.

57 — Tapisserie-verdure avec bordures. Aubusson, XVIIIe siècle.

Hauteur, environ 3 m. ; larg., 1 m. 70.

RED. :

MIRE ISO N° 1
NF Z 43-007
AFNOR
Cedex 7 - 92080 PARIS LA DEFENSE

graphicom

www.ingramcontent.com/pod-product-compliance
Ingram Content Group UK Ltd.
Pitfield, Milton Keynes, MK11 3LW, UK
UKHW021028180726
13838UKWH00004B/1671

9 782329 323299